KB274638

중독성 슬픔

중독성 슬픔
권현형 시집

초판 인쇄 | 2010년 5월 25일
초판 발행 | 2010년 5월 31일

지은이 | 권현형
펴낸이 | 신현운
펴는곳 | 연인M&B
디자인 | 이희정
기 획 | 여인화
등 록 | 2000년 3월 7일 제2-3037호
주 소 | 143-874 서울특별시 광진구 자양동 680-25호(2층)
전 화 | (02)455-3987 팩스 | (02)3437-5975
홈주소 | www.yeoninmb.co.kr
이메일 | yeonin7@hanmail.net

값 8,000원

저자와의 협의에 의하여 인지는 생략합니다.
ⓒ 권현형 2010 Printed in Korea

ISBN 978-89-6253-062-9 03810

이 책은 연인M&B가 저작권자와의 계약에 따라 발행한 것이므로 본사의 허락 없이는
어떠한 형태나 수단으로도 이 책의 내용을 이용하지 못합니다.
잘못된 책은 바꾸어 드립니다.

중독성 슬픔

권현형 시집

연인M&B

| 自序 |

인간만큼 뭔가를 끊임없이 불러일으키는 것은 없다
내가 흥미를 갖고 탐독하는 유일한 책은 인간이다
악마 같은
천사 같은
짐승 같은
악마와 천사와 짐승이 뭉쳐진 괴상한 덩어리에서
나는 줄곧 눈을 떼지 못한다
단말마의 순간까지 욕망을 느낀다는 그 끔찍한 머리를
몸을 나는 사랑한다

젊은 날 두통약을 밥처럼 드시던 외할머니는
여든의 나이에 여름 한낮 뙤약볕 내리 쬐는 마당에 나앉아
망치질을 하신다
마당 끝까지 가로지르는 나무 막대기에 못을 박아
머리카락이 다 빠져나간 정수리로, 텃밭 고추 집을 만들고 계
신 것이다
혼자서 타오르는 한 세계와 마주하고 앉아 계신 것이다
내 시도 그렇게 질기게 단단하게 익어가길 바란다

1999년 여름 권현형

| 차례 |

제1부 중독성 슬픔

제2부 연애의 경전

제1부 중독성 슬픔

제1부 중독성 슬픔

중독성 슬픔

그녀의 두개골 속엔 반쯤 닫히다만 검은 서랍이 끼어
있는 듯했습니다 아귀가 맞지 않아 바람불 때마다 낡은
풍금을 켜대던 서랍, 그 덕에 어릴 적 나는 약방문을 닳
도록 들락거렸지요 골이 울린다고 날카롭게 쇳소리가 골
을 긁는다고 눈깔사탕 사러 보내듯 심심찮게 보내던 할
머니의 두통약 심부름길, 주머니 속 동전을 잘그락거리며
댕동댕동 잘도 뛰어다녔지요

어느새 심부름 길은 저물어
할머니도
끝없이 뇌신을 채워 넣던 서랍도
그 길 위에서 사라졌습니다

그런데 어쩌지요 할머니? 어쩌자고
이젠 …뇌신이 …제게 뇌신이 …필요해요
어릴 때부터 닦아놓은 길
악마 같은
슬픔에 중독되어 버렸거든요

달콤한 인생

이마 흰 사내가 신발을 털고 들어서듯
눈발이 마루까지 들이치는
어슴푸른 저녁이었습니다
어머니와 나는 마루에 나앉아
밤 깊도록 막걸리를 마셨습니다
설탕을 타 마신 막걸리는 달콤 씁쓰레한 것이
아주 깊은 슬픔의 맛이었습니다
자꾸자꾸 손목에 내려앉아
마음을 어지럽히는 흰 눈막걸리에 취해
이제사 찾아온 이제껏 기다려 온
먼 옛날의 연인을 바라보듯이
어머니는 젖은 눈으로
흰 눈, 흰 눈만 바라보고 계셨습니다
초저녁 아버지의 제사상을 물린 끝에
맞이한 열다섯 겨울
첫눈 내리는 날이었습니다
어머니는 지나간 사랑을 그리워하며
나는 다가올 첫사랑을 기다리며

첫눈 내리는 날이면
댓잎처럼 푸들거리는 눈발 속에서
늘 눈막걸리 냄새가 납니다

사랑의 계절

어릴 때 요강 위에 올라 앉아
졸며 즐겨 들었네
라디오 연속극 사랑의 계절
주인공들은 헤어질 때 늘
흰 엽서 위에
안녕이라고만 썼네

모든 아픔을 대신하는 안녕이라는 말

여자 성우가 낭송하던 그 이별의 말은
박하사탕의 여운처럼 맵싸하게 남아 있네

콩새만한 어린 시절부터
요강 위에 올라앉아
기다리기 시작한 사랑,
사랑의 계절은 언제 오는가
지금도 알 길 없네

모든 아픔을 대신하여
안녕이라고 말할 그날은

봄날은 간다

한 소년이 휘파람을 불며 지나간다

조용히 봄밤이 흔들린다 진초록으로 출렁거린다
관능의 살결로 바람이 부드럽게 불어온다
트럭 옆유리로 젊은 여자를 훔쳐보는 사내

두 눈이 개눈처럼 빛나 슬퍼 보인다

아이스크림을 입술로 핥으며 서로의 입술을
아이스크림으로 핥아 먹으며 어린 연인들이 지나간다
발작적으로 웃으며 경쾌하게 봄밤이 흔들거린다

누구지? 봄날 저녁에 풍경처럼 나타났다가
가뭇없이 사라져가는
저

천주교 밑 시절

우리 식구는 그 시절을
천주교 밑 시절이라 부른다

막내 삼촌의 만년 꼬붕이었던 나
셋방살이 봉년아범에게서 담배 한 개피씩만
늘상 얻어다 날랐다 반딧불 꽁무니를 빨 듯
슬쩍 그 꽁무니를 물어본 기억은 단 한 번뿐

더 못된 짓한 기억은 없다

매번 행사를 치르듯 윗집 준호오빠 동생 준 뭐시기의
허옇게 까내린 거시기를 똥개가 삭삭 핥아 먹는 건
자주 봤다
네잎클로버, 순전히 행운을 얻으러 찾아간 천주교
잔디밭에서 빨간 치마 입은 낯선 언니가 낯선 오빠
즈봉 밑에서 우리들을 향해 꽥꽥 소리지른 일은
그 후로 다시는 일어나지 않았다

그리고

을남언니 옆집 애경이 새언니가 죽었다
얼굴 하얘, 긴 속눈썹 바르르 떨며
기침까지 마구 해대 우리들의 우상이었던 그녀

부둣가 선술집 출신의 이름 모를 그녀가 사라져버렸다
미미라는 이름으로 작은 계집애를 콜록콜록 토해내고

교회 종소리가 저녁연기처럼
어린 우리들의 마음을 데리고 어디론가
길게 길게 사라져가던 천주교 밑 동네

서른의 그늘

멀리 놀이터와 농구대가 보입니다 대낮
흰 면셔츠를 입은 사나애들이 몰려와
단단한 종아리를 뜀틀처럼 올렸다 내렸다
공으로 햇살을 튕겨 그물망에 자꾸 밀어넣습니다
그물 가득 터지게 담긴 햇살과 소년들이 한데 뒤엉켜
은빛 비늘 물고기처럼 파닥거립니다
……순은빛 물고기……
왜, 문득 제 나이가 사무치게 느껴지는군요

언젠가 그대는 내게
여름 연못가에 햇살을 받고 서 있는
스무 살 물고기 같다고 하셨죠
아하 그렇군요
이제 생각하니 그늘이 없는 나이라는 말이었군요
그늘이 드리울 새 없이 햇살을 튕기는
농구공 아이들을 내다보며
전 오늘 파닥거릴수록 자꾸 묻어나오는

제몸의

어둔 그늘을 털어내고 있습니다

공구가게

마른 수건으로 탁탁탁 햇빛 알갱이 털어내며
젖은 머리카락 말리던 그 사내……
가끔 우연히 스쳐 지난 풍경이 떠오를 때가 있다
어느 이른 아침 지나던 공구가게 앞

망치 드릴 못 톱 대패
드라이버
잡동사니 인생들이 모여
왁자지껄 떠들어대는 그곳
모난 것들끼리 상처를 둥글리며
어울렁 더울렁 살아가는 그곳

스스로 부수고 깎고 다듬고 뚫을 줄 아는
까닭에
생각보다 몸으로 사는 공구들
마음의 무거움까지도 흰 면수건으로
가볍게 털어버리면 그만, 그만일 것 같은

그 근처를 오래오래 서성일 때가 있다
나도 하나 멍키스패너 또는 펜치가 되어

횃댓보의 추억

벽 위의 옷들을 가려주던 흰 보자기가 있었습니다
해때뽀라고 어머니가 꼭 그리 불렀던 그것
햇댓보도 핸댄보도 사전에는 없었습니다
잠이 오지 않는 날엔 어머니가 먼저 잠들어
얌전히 코라도 고시는 날엔 괜히 쓸쓸해져
보자기 속 그림들을 보고 또 보곤했습니다
푸른 소나무 위엔 학 한 쌍이 다정도 하게 앉아 있습니다
그 위에 걸린 해와 구름은 그들을 한없이 환하게도 빛내줍니다
또 그 아래엔 사슴이… 시집올 때 해 왔다는 어머니의
십자수
다 외울 듯 눈에 선합니다 시집가는 여자의 마음을
한·땀·한·땀 수틀에 정성껏 박았을 십장생
희푸른 무명 한 자락이 마음의 돌쩌귀에 걸려
퍼덕퍼덕 빠져나가지 못하고 있습니다

아직도 우리집엔 저와 제 어머니 옷만을 가려주던

옛날의 흰 횃댓보가 파닥거리고 있습니다
사전에는 없는 어머니의 슬픈 생을
풀먹이고 다려
팽팽하게

술래어둠

창호지 위로 소리소리 어둠이 젖어들고 있었어
낮잠을 자는 동안 그 환하던 햇빛 만지작거리며
가지고 놀던 햇빛 다 어디로 숨어버렸을까 나 몰래

갑자기 어두워진 세상의 벽 위에 괴물처럼 옷가지들이
목매달고 있었어 그만 무서움으로 훌쩍거리다가 엄마에게
매를 맞고 말았지 계집애가 다 저녁에 청승떨고 앉았다고
괜히 잠투정한다고 이유를 대라고 그러면 그럴수록
정말 서러워져 악! 악! 소리를 지르며 울어댔어
그 순간 본격적으로 잠땡강을 부리기 시작한 거야
그게 모든 이유인 것처럼

어떻게 세상 사는 일 모두를
그때그때 말할 수 있겠어
지금도 말해 보라면 말할 수 없는
말.할.수.없.는.것.들

등 뒤로 가만가만 다가와 눈을 가리는
술래어둠 같은 것들을

어떤 콤플렉스

벌리지도! 오므리지도! 못하고
카메라 앞에 서면
또 주눅이 든다 묘하게
일그러진 입, 입으로 카메라 앞에 선다

내 상한 영혼의 늑골
마디마디 속속들이
드러낼지도 몰라 그럴지도 몰라
위 옆 어딘가 징그럽게
매달려 있을 슬픔의 덩어리
찬찬이 또렷이 찍어낼지도 몰라

그럴지도! 몰라! 삼류 극장의 어둠 속에
몰래 버리고 오고 싶은
욕망의 심줄 창살처럼 드러낼지도 몰라
섬뜩하게

강문리 횟집에서 만나다

슬픔이 쌓여 바다가 되는가 끝도 없이 하얗게 욕망을
게워내는 11월 바다 그 푸른 허기를 바라본다 바라보며
질끈 생선회를 씹는다 파도의 맨살을 초고추장에 찍어
꾸역꾸역 허기를 채운다 허기로

외로웠어요… 당신이라고… 결정했… 애들이 떠올…
관대하지 않은 애들… 나도 할 얘기는 …너무… 사무
쳐… 옆자리 중년 여자가, 갑자기, 눈물을, 흘린다 남자
앞에서 어깨를, 들썩들썩, 출렁이며, 검은 바다의 허기를
토해낸다 한 상처가 다른 상처에게 손수건을 내민다 말
없이

유리창에 햇살이 차게 부서진다 해변을 걷는 사람들의
이마 위로 멀리 길이 보인다 쓸쓸하게 어린 개 한 마리
까불락 까불락 모래 위를 혼자 뒹군다 여름날 누군가의
생애를 고단하게 끌고 다녔을 신발 한 짝 열심히 물어
뜯는다 이내 심심하면 갯바위 도요새에게 겁을 주기도
한다 흠칫흠칫

날이 저문다 내 허기도 어린 개의 외로움도 차곡차곡
바다로 저물어 간다

어리석은 마음

건너편 잔칫집처럼 불이 환한 상가에서
저녁 내내 까칠한 울음소리 새어 나온다
노인일까 젊은이일까

창을 열어놓고 누워서
생각해 본다
검은 벤자민에 대해
잎이 지나치게 무성하다고,
자꾸자꾸 쏟아져 나오는
푸른 그것은 무엇일까
미친 듯 어디론가 달려가고 있는 밖의
저 오토바이 소리, 차가운 금속성의 외로움은
노인일까 젊은이일까 세월의 바퀴를 날카롭게
내 몸 안에 찍어 대며 달리고 있는 그는

여름 저녁의 무릎을 베고 누워
바람 들락거리는 소리를 보고 있는 나는
늙은 것인가 젊은 것인가

창 없는 방 · 1

당신이 사주신 장미에 밤새 곰팡이가 하얗게 곰팡이가 피었더군요 꽃잎 끝에 매달린, 매달려 지난밤 떨림이 이토록 생생한데 웬 곰팡이라니요? 불현듯 제 귓구멍을 쑤셔 봅니다 붉은 귓잎 속에 곰팡이가 돋아나는 것은 아닐까 솜처럼 가벼운 하얗게 가볍게 곰팡이 한 뭉치가 쇳덩어리처럼 오늘 아침을 한없이 무겁게, 우울하게 잡아늘이고 있습니다 쇳덩이처럼 난타하고 있습니다

창 없는 방·2

26

옛 로마의 지하 묘지를 떠올린다
어두운 지하 셋방에 누워 지옥의 카타콤을
며칠째 뚫리지 않는 만성 체증을 생각한다
누군가는 아예 뿌리 뽑아야 한다고
체기가 고개를 내밀지도 못하도록

단단히 캐내야 한다고 충고했었지
하지만 절망이 벽을 타고 미끄러지기만 하는데
삶의 뿌리를 캐내라고? 어떻게!

천국보다 낯선

운동화를 구겨 신고 집을 나선다 자정 너머
스물네 시간 잠 없는 사람들을 꾸역꾸역 집어삼키는
소비의 아가리 편의점 너머
파리하게 질린 꽃을 내다 팔고 있는 광장 난전 너머
비디오랜드로 간다

인스턴트 꿈과 콘스턴트 욕망을 사서
검은 비닐봉지에 담아 오는 길
어쩌다 만난 늦가을의 바람
가슴에 웅숭한 구멍을 파놓고 지나간다

청산가리처럼
확
켜지는! 고독의

의심스러운 풍경

산본에서 대야미 상록수 한대를 지나
날마다 나는 중앙으로 간다
몇 군데의 샛길을 지나 쉽게
중앙으로 이를 수 있는 길
똑 나무 같은
똑 숲 같은
똑 집 같은
바깥 풍경이 늘 그 자리에
붙박혀 있는 길을 지나간다

오늘도 나는
산본에서 대야미 상록수 한대를 지나
밖을 내다보는 일에 몰두하며 간다
똑같은 나무
똑같은 숲
똑같은 거리를 내다보다
한 번도 본 적 없는
낡은 건물을 문득 본다

반쯤 깨진 채 열려 있는
그 건물의 유리창 너머
흰 런닝셔츠의 얼굴이
나부裸婦의 사진이 펄럭인다

붉은 몽환처럼
낯선 사내의 외로움이
스쳐 지나간다
똑같은 나무 사이로
똑같은 숲 사이로

제2부 연애의 경전

제2부 연애의 경전

첫입맞춤

32

그날 초당
당신과 내가 함께 듣던
엘피 음반에선 밤새도록
지직 지지직 자작나무
꽃불 타오르는 소리가 났지요
밖엔 흰 눈이 알약처럼 내리고
우리가 머물러 있는 시간의 창을
싸륵싸륵 싸싸르륵 불안하게

우울하게

두드리던 싸래기눈 소리를 기억하나요?

밤새도록 미아처럼 걷고 또 걸었지요
당신과 나는 그날 밤
그 먼 길을 더듬어 더듬어 찾아갔지요

연애의 경전

속눈썹을 치켜세울 때는
구도자 같은 모습으로
생의 깊은 비밀을
그 위에 올려놓고 있는 듯
마술을 거는 것처럼
경건하게 숨소리조차
그렇게 대문을 나서는
마스카라의 검은 마녀
그녀를 실은 나팔바지는
바람둥이 집시처럼
넓다란 입에 바람을
가득 채워 휙휙 휘파람을 불어대고

한밤에도 빵을 잔뜩 쪄내와
식구들을 먹이곤 하던
젊은 날의 그녀
막내 이모 곁엔
남자가 붐볐다 늘
생기로 부풀어 오른

이스트 같던 그녀
그녀의 부푼 젖가슴

푸른 만돌린이 있는 방

나환자 마을이었다가 전쟁으로 불타버려서 다시
들어섰다는 마을, 당신이 사는 그곳의 내력을
이야기할 때 문득 당신이 붉은 꽃잎으로 보였지요
나병을 앓고 있는 젊은 사내로 슬픈 전설의 후예로

연두 이파리들 당신의 머리카락 햇결처럼
물이랑 일던 초여름이었지요
꽃잎, 작디 작은 채송화들이 마당 가득 재잘거리고 있던
그 집, 그 방, 당신 방에는 작은 악기가 걸려 있었습니다
아무도 한 번도 켜 본 적 없다는

흰 벽 위에 벙어리 만돌린이 내걸려 있던 방
당신이 좋아한다는 여자의 편지를 읽어주던
내가 없던
다른 여자가 있던, 햇살이 엉켜 어지럽던

그 골방처럼 모든 내력은 슬프지요
켤 수 없으므로 아름다운
푸른 만돌린에 대한 기억처럼

천형

슬픔으로
새파랗게 달궈진
쇳덩어리
저녁별은

어느 모진 사랑의
천형을 안았길래

밤마다 누구의
가슴을 인두불로
시리게
뜨겁게 지지나

나무 액자

다락방엔 나만의 서가가 하나 있네
낡아 가는 시렁 위엔 생의 순간들이
금박 은박으로 장정되어
꽂혀 있고 사랑니처럼 뽑혀져 나간
사랑의 흔적 그 아픈 격정의 표정들이
책갈피 속에서 바스락 바스락거리고
잠이 오지 않는다고
너 때문에 잠이 오지 않는다고
보내왔던 깊은 한숨의 바람결에
답장하지 못한
어리석은 나의 마음을
내 마음을 봉하지 못한 연서를
가끔가끔 꺼내 들춰 보네
축축한 곰팡이 냄새도 제법 나는
나의 서가엔

당신에게서 빌려 온 숨결만이
녹색 빌로드 장정이 되어
들려줄 길 없이
추억으로 꽂혀 있네
낡아 가는 시렁 위에서 가끔
바스락 바스락거리네

맹물 같은 순정

잊혀지지 않는다 속눈썹 길어 그늘에서
파리하게 추워 보였던 그녀
외삼촌 제대할 때 군복깃에 묻혀 왔다

가라는 말을 제일 두려워하던
술고래 사내의 어지러운 아침을
쌀뜨물로 팍팍하게 씻어

빛내주던 그 여자

외삼촌이 그리도 지겨워하던
맹물 같은 순정

누군가의 취한 삶을 쌀뜨물로 풀어
가라앉혀야 할 나이가 되었을 때
일 년을 바보처럼 꼬박 살다간 여자,

잊혀지지 않는다
어느 눈 내리는 겨울 저녁 막걸리 받아 오던 길

차고 서늘한 입술로 내 볼에 입맞춤하며
뜨거운 눈물 한 방울
뚝! 내 이마에 떨구던

콘트라베이스

낮은 음으로 느릿느릿 섬세하게

오케스트라 맨 구석엔 늘
덩치 큰 사내가 서 있다 고개 숙이고

말없이 피아노 바이올린 첼로의 앙탈을
변덕을 끌어안는다 가장 낮은 자리에서

자신을 내어주고 다 비워준다

마음 약해 속으로 우는
어딘가에 꼭 있을 것 같은
우리 시대 마지막 순정파 사내

무명치마와 감알

마른 솔내가
뒤란을 그득그득 채웠다
겨울만 되면

홍시를 좋아하시는 할머니께서
할미새처럼 솔잎을 물어다가
뒷광 그늘에 차곡차곡 재워두고

그 푸른 무덤 속에 알토란 같은
붉은 감알을
손주처럼 키우고 계셨던 탓이다
흰 눈이 한 잎 한 잎 꽃잎처럼 내리는 날

무명치마를 펄럭거리며
들락날락 내오신
할머니의 붉은 홍시에선

오래오래 맡아도 질리지 않을 듯한
조선 솔내가
찬 바람 냄새가

어느 개 같은 날의 오후

내가 반쯤 젖고
당신도 절반쯤 젖었으니
우린 피차
마찬가지지요
시시한 인생들이지요

그런 의미에서 우리
연애나 한 번 해 볼까요
저 비 오는 질척한 거리로 나가
신발이 다 해지도록
마음마저 해져 차라리 나풀나풀
화냥기 많은 계집의 치맛자락처럼
가벼워질 때까지 수캐마냥 암캐마냥

나돌아다녀 볼까요
사랑하노라고
당신 없이는 죽어도 못살겠노라고
혀로 입술로 거짓 맹서라도 나누며
어디 살아 견뎌 볼까요

비 오는 날엔 부디 당신의 눈빛을 가두시길
젖어 희번득거리는 그 외로움을
숨막히도록 빨아들일 누군가를 조심하시길
발정한
또 한 외로움을

체크무늬 남방

혹 기억하세요?
영화, 〈소년·소녀를 만나다〉에서
남자 주인공과 여자 주인공이 입었던 옷?
그들은 영화 시작부터 끝까지 체크무늬만 입지요
체크무늬 남방 속에서 키스를 하고
체크무늬 머플러에 목이 둘둘 감긴 채
휘휘 휘파람을 불어요
하루 종일 빈 방에서 여자는
오지 않을 남자를 끝없이 기다리다

탁탁까닥까닥탁탁까닥까닥탁탁까닥까닥탁탁

무료하게 발을 쳐대며
춤을 춰요 그리고
체크바지와 함께 울지요

감독 레오 까락스는 카메라 구멍으로
배우들의 권태를 훔쳐,
보기만 할 뿐
너무… 역겨워요… 그의 관음증

체크무늬는
나갈 길 없는 감옥,
아프게 조여오는

지바고와 라라

소련은 망했지요 그러나
우리 동네 카페
닥터지바고는 건재하지요
희푸른 회벽 위의 지바고와 라라는
사진틀에 매달려
고전적으로
절망적으로
마지막
세기의 사랑을 나누고
인생은 바람 속 먼지
이룰 수 라라라
라라라 이룰 수 없는 꿈
흑백사진 밖의 그녀는
흑백사진 속 남자에게
허밍으로 약속하지요
그래요 다시,
다시 만나요 내 사랑
가엾은 사람
이민자의 서류 봉투 같은 사랑
다시, 다시는 만나지 말아요

방생

여름 숲속 나뭇가지 사이로
마음 설레게 하는 얼굴 하나
얼핏 걸렸다 사라진다
늘 기다려왔던
어쩌면 태어나기 이전부터
애타게 그리워했을
그를

아무도 나는 불러 세우지 않는다

일생에 단 한 번 오는
온다는 사랑일지도 모를
아름다운 그의 등자락을
붙들지 않는다
그냥 놓아버린다

손아귀 가득 움켜쥐고 있다
놓쳐버린 푸른 물살처럼
안타깝게 좌초한
나의 첫사랑을 두 번째 사랑을 세 번째 사랑을

눈 내리는 날엔 몸이 열려

눈이 내려 수천 수만 마리의 흰 새가 푸드득푸드득 귓가로 몰려와 몰려오고 있어 순은의 슬픔이 방금 지상 위로 사뿟사뿟 내려앉기 시작했어 차가운 겨울 벌판의 등허리에 야윈 나뭇가지 위에 상한 영혼의 정수리 위에 파랗게 새파랗게 등불이 켜져 눈이 내려 싸륵싸륵 싸싸르륵 흰 눈꽃의 입술이 닿는 곳마다 이상하지 참으로 이상하지

환하게 몸이 열려 마른 나뭇가지가 몸을 열고 언 돌이 몸을 열고 젖은 강물이 옥문을 열어 순은의 슬픔을 제 깊은 어둠의 집으로 부드럽게 따뜻하게 받아 안고 흘러

잠언은 이루어지지 않는다

눈썹은 길게 그려라
눈두덩을 지나 눈꼬리에 이르도록
눈썹이 길어야 남자가 오래 산다
꼭, 그리, 그리해야 한다

바람 부는 가을 아침
화장대 앞에서 어머니가 일러주던
비밀 아닌 비밀을 생각한다
살아야 한다
오래 살아야 한다
주문처럼 앞가슴에 꼭꼭 여며주신 삶의 부적을
점자를 짚어내듯 더듬더듬 풀어내 본다

세상의 모든 잠언은 슬프다고
눈썹을 아무리 길게 길게 그려도
짧게 머물다 간 어머니의 남자처럼
모든 세상의 잠언은
이루어질 수 없으므로
더 잠언답다고
더 슬프도록 아름답다고

제3부 한 생애와 생애가 만나

적멸

48

봄 나무 그늘에
한 노인이 잠겨

지워지고 있다

한때는 누군가를
뜨겁게
어루만졌을

말라붙은 손가락
나뭇가지가 되어가고 있다

오래오래 나무 밑에 앉아 있다
팔까지 어깨까지 그늘에 잠겨

회양목이 있는 묘지 풍경

그의 집 마루엔 진종일
별이 혼자 놀다 간다
마당 가득 쏟아져 내리는 적요
뒤꼍의 나무숲을 하얗게 물들이고
주인은 잠시 마실이라도 간 것일까
새 한 마리만 높은 나뭇가지 위에
우체통처럼 걸려 있다
집주인이 마루에 나와 앉아
젖은 발을 말린다거나
바지런히 몸을 움직여 빨래를 넌다거나
한 번도 그런 적은 없다
아무도 그 집 사람들을 본 일 없다
언제부턴가 기차를 타고 가다
혹은 버스를 타고 가다 먼 발치에서
마음으로 기웃거리게 된다
어릴 땐 늘 무서웠던
마을 밖 마을
햇살 바른 곳에서 동글동글 모여
세상의 절반을 살아가는 듯
말없이 살아가는 듯
뒤안 깊은 그 집

낙엽

50

어깨 위로 나뭇잎 하나 굴러 내린다 포르르포르르 아주 먼 곳에서 날아와 발밑에 뼈 없이 몸을 누이는 이여, 여름내 신열 뜨거워 구석구석 구멍 뚫려 있구나 염도 하지 못한 너의 가난한 마지막을 슬픔이라 할 건가 기쁨이라 할 건가

고통도 없이 투명한 네 임종, 고승도 흉내낼 수 없는 이 빛나는 열반

너도바람꽃

그녀가 가버렸네 팔랑팔랑
초록 맨발꿈치 가볍게 세우고
바람 불고 꽃 지던 날

아침 저녁으로 반짝반짝 걸레질하던
제 집 문턱을 그만 넘어버렸네
소리 없이 정든 대문을 몰래 빠져나갔네

그날, 마지막 아침까지
남은 식구들 밥 따끈하게 지어 먹이고
제 발로 병원까지 걸어갔다네 그리고

곧 다 참았다는 듯 부서졌다네

명절 때마다 혼자서 척척
제사 음식 차려 내오던 종가 맏며느리
늘 바람처럼 바지런하던 그녀
작은 여자 아이 하나를 이 지상에
단추마냥 톡 떨구고 가버렸네

가인박명佳人薄命

52

어항 청소하러 온 수족관 사내에게
간곡히 부탁해 본다
"이쁘고 오래오래 사는 물고기로 갈아주세요"
사내가 웃는다
"그런 것은 없어요
색 고운 물고기는 빨리 죽습니다"
헉! 말문이 막힌다

한 생애와 생애가 만나
―간이역에서

노인이 어둠 속에 앉아 있네
아주 오래전부터 어쩌면
태초부터 그렇게 앉아 있었던 듯
어둠의 고독한 얼굴과
얼굴이 낯익어
조용히 깊은 강물 속에 잠겨가고 있네

저물어 가는 한 생애와
어두워 가는 한 생애가 만나
캄캄한 생의 터널 끝에서
서로의 길이 되어주듯이

그렇게 한 노인과 한 어둠이
시골 간이역에 마주 앉아 있네
그리 밝지도 그리 어둡지도 않은
강물을, 세월의 얼굴을 바라보고 있네

수산물센터를 지나며

54

무심히 지나치던 콘크리트 건물
그 앞을 이젠 눈감고 지나가게 된다
가슴을 내리 누르는 수만 근 슬픔의 철근 덩어리
그곳에서 누군가에게 한 달 전
헛된 희망을 택배로 부친 적 있어
그만 고개 떨구게 된다
간암 말기의 외삼촌은 끝내
새벽 버스를 기다리지 못하고

겨울 동해에서는 구할 수 없다고
그것만 먹으면 살 것 같다고
아이스박스 속 재첩조개를 블랙박스 속에
생의 마지막 교신처럼 남기고

아직 풀지도 못한 약초 자루들을
다 써버린 희망처럼 미련처럼
집안 구석구석 쌓아 둔 채

가을비

비가 내린다 여윈 가로수 위로
잎 지고 욕망도 다 져버린다
늙은 창녀의
검은 눈물자욱처럼
무표정하게 그렇게! 그렇게

비를 맞아도 젖지 않는 슬픔
가을 눈동자
약한 짐승의

가는 비명처럼

꽃잎 진다 해도

길모퉁이엔 오늘도 늙은 여자들
한 무더기 모여 앉아 있네 뙤약볕 아래
키 작은 조선의 흰 봉숭아처럼

짓무른 복숭아 한 판씩 벌여놓고
맨거리에 나와 앉아 있는 아낙들
아침 저녁으로 지나치지만
말 건넨 적 없네

그중 한 여자가 다시는
나오지 않는다 해도
모르리라 결코
아무도 기억하지 못하리라

복숭아 한 무덤의 욕심밖엔
부려 본 일 없는 그 여자
큰길로 나서 본 일 없는 담장 밑
희디 흰 봉숭아 꽃잎 한 닢

흰 고무신

서른에 홀연히 세상의 집 떠나
몸 없이 마음 없이 돌아와
흙무덤 속에서 맞는 아버지의 육순

저고리를 태우고 바지를 태운다
그 위로 읍하듯 소리 없이
가랑비 내린다

(지난날 젊은 그가 그 파란 턱수염으로
뺨을 간지럽혔을 어린아이는 지상……
어디에도……없다)

아내 같은 딸이 어깨를 들썩인다
어머니 같은 아내는 다만 코를 횡 푼다

그가 단 한 번도 신어 본 적 없는
흰 고무신만이
망자의 넋처럼
빗속에 차게 서늘하게 젖어간다

12월

대관령 계곡에는 눈보라가 몰아치고
나무숲은 저 혼자 깊어가고
나는 묵묵히 부는 바람 속에 갇히고

덜컹거리는 밤기차
멀리 인가들이 낮은 음으로 흔들리고

때묻지 않은 것이 두려웠네
내가 도달할 수 없는 깊이 속으로
가까이 다가가 얼굴을 묻고 싶네

곤두박질하는 흰 산맥들, 산맥들
아, 낭떠러지보다 내겐 왜
지상이 더 어지러운가

그녀

할 줄 아는 일이란 그뿐인지
늘 쪼그리고 앉아 쑥을 다듬는다
아파트 앞 사거리 길모퉁이 여자
손바닥만하게 좌판 벌여 오글조글
봄나물을 팔고 있는 아낙숲에서
고개를 들어 본 일이란 없는 것인지

신문지 위 쑥만 그저 다듬는다
아예 쑥을 팔 생각은 없다는 듯
오가는 사람들의 눈길은 받지도 않는다
쉰인지 칠순인지 알 수 없는 얼굴
쉰 같기도 하고 칠순 같기도 한 언제나
그 월남치마, 눈꽃 하얗게 내린 그
단발머리

투박한 손끝에서 실바람이 까불까불
미끄럼 타는 것을 보게 되었다 어느 날
봄볕이 새록새록 다듬어져

제 때깔로
빛나는 것을

청동거울

“눈물점을 빼야겠어 애야 이젠…… 빼내버리고 싶
구나” 어느 날 당신이 꼭꼭 잠근 마음의 빗장을 열고 걸어
나왔을 때 시커멓게 녹슨 심장의 거울을 꺼내 보여주셨
을 때 차라리 눈을 감고 싶었습니다 환하디 환하던 제
마음의 빛나는 강물이 천 갈래 만 갈래 찢겨 찢어져 출
렁거립니다 아득히 살아나는 죄의식의 칼끝이 몸 이곳
저곳을 아프게 저며냅니다 언젠가 소녀처럼 턱을 괴고
앉아 있던 당신의 어여쁜 모습이 낯설은 적이 있었지요
싫은 적이 있었지요 아마 언제까지나 어머니라는 자리에
세워 두고 싶다는 가둬 두고 싶다는 제 욕심의 거울 때
문이겠지요 열리지 않은 운명의 열매를 아직 수줍게 기
다리는

어쩌면 당신이 운명 같은 거울 속의
거울의, 여자라니요

절집 다람쥐

따끈한 바위 위에 척
꼬리를 걸쳐놓으시다
가사장삼처럼
우물 옆 다람쥐 한 마리
양 볼따구니 가득 우적우적
뭔가를 몰두하며 씹고 계시다
중생 하나가 재밌어 하며 멈추어
구경하고 계시다

데굴데굴 굴러다니는 바람의 알을 까서
톡 털어놓고
입 안 가득 오물거리고 계시다
절간서 젤 바지런하신
큰스님께옵선

제4부 고리끼, 고통이라는 이름

튤립처럼 단순한 것

비 온 다음날
튤립 화분 두 개를 사다놓았다
처음엔 시골서 전학 온 아이처럼
입 꼭 다물고 서 있더니
베란다 한켠에 맨숭맨숭 말똥말똥 서 있더니만
햇살이 목덜미라도 간질이는지
바람이 이마에 알밤이라도 한 대 먹이고 지나가는지
제법 이마를 서로 맞부딪쳐 보기도 하고
입을 쩍쩍 벌리기도 하고
저희들끼리 장난질이 늘어간다
유년 시절 나의 화첩에 유일하게 그려놓았던
꽃, 복잡하지 않고 단순해서 그리기 좋았던
튤립 두 녀석 우리집에 한 일주일 다녀갔다
아이들처럼 집안을 들었다 놓았다 하고는

고리끼, 고통이라는 이름

러시아의 어느 가을날
볼가강 근처 숲속을 이리저리 헤매며
배고픔을 달래는 어린 나그네가 있었다
썩은 낙엽더미 검은 진창 날카로운
가시덤불에 자꾸 넘어지며
상처받으며
소년은 중얼거렸다

결국은 큰 길로 나설 수 있어
지금 길을 잃었다 해도 이를
악물고 곧장 앞으로 나아가야 해
그래 그렇게 해야 해
바로 그렇게 해야 한다

여덟 살에 세상 속으로 뛰어들어
삶의 눈동자를 들여다본 고아
어린 악마여
우수에 젖은 작은 이마를 못본 체해야 하리

집시 부랑아 노동자 질병 죽음 가난 욕설
고통이라는 이름으로 소년은 작가가 되었다
막심 고리끼, 우리말로 쓰라린 사람

라파엘네 집을 지나며

낡은 빨래가 마당 가득 널려
골목 안을 비릿한 봄내로 채우는
곳, 인사동 라파엘네 집을 아세요?
미술관 옆 고서점 돌고 돌아 바로 거기

부모마저
내다버린
징그러운 몸뚱아리
찌그러진 몸으로 햇빛 속에
녹슨 슬픔으로 앉아 있길 좋아하는 아이들

바깥 사람들이 들르면 손바닥에
'해' 하고
커다랗게 써서 꼭 쥐어주는 그
큰 눈망울의 아이가 사는

집

깊은 그늘

볕이 나무 잎사귀를 은종처럼
닦아 내걸은 아침
나들이 가는 아이들을 만나다

눈·코·입
바늘구멍처럼 뚫려 있는 다운증후군의 얼굴
고개로 제 아픔에 꺼덕꺼덕 박자 맞추며 가는 아이
"가지 마!"
"같이 가!"
코앞에 가는 짝을 외롭게
절박하게 부르는 집착!
뒤돌아보게 된다 자꾸
가는 팔다리로 제 몸을 비틀어 짜는
젖은 행주
같은 아이

햇살이 정성껏 닦아 처음
내놓은
연초록 이파리의

그 깊은
그늘을

아프리카, 아이

68

뼈에 들러붙어 있는 한 아이
엉덩이가 등가죽에 붙어
둥근 흔적마저 사라져버린 사진 속
우주 밖 한 괴물을 본다
서방의 여행자가 던져주었을 시곗줄이
형벌처럼 무겁게 감겨 있는 야윈 손목
나무를 붙들고 일어서 보려 애쓰는 그 순간
원시의 동굴처럼 크고 깊은 두 눈구멍이
여느 아이들처럼

죄 없이! 맑게!
웃음으로 벌어지고 있는
그 절정의 슬픔을
그저 들여다볼 뿐이다

판토마임

술 취한 중년의 사내 하나
도로 한가운데서
자꾸 길을 휘젓고 있다
딴엔 잃어버린 길을
찾고 있는 듯하나

사내의 몸짓이
간절하면 간절할수록
초가을 밤의 검고 푸른 길만이
위태롭게 돌아누울 뿐이다

휘적휘적 공중을 가르는
앙상한 손놀림이 절박하고
분주해질수록
남자의 여윈 몸뚱이는
무언극 중의 늙은 배우처럼

처럼 서글프게
처럼 적막하게

폐가

부서진 지붕 위로 눈이
기러기 무늬를 찍고 있다
한때는 집주인의 마음처럼
세상을 향해 수없이 열렸다
닫혔을 문짝

날마다 자글자글 볕이 끓어
몸이 말간 무를 썰어 내말리기도
하던 그곳 식구들의 장독대
깨진 사금파리 위로
조바심치며 눈이 내린다

서둘러 궁색한 삶을 시래기처럼
묶어 싣고 떠나간 흔적들을
가만가만 쓸어내린다

갑자기 비가

등짝을 후려친다 사나운 차가운
갈기로 마음의 깊은 웅덩이
고여 있는 슬픔을 들춰낸다
걷잡을 수 없이 따뜻한 것이 그리운 날
거리의 낡은 다방은 따뜻하게
가축우리처럼 출렁거린다
가축들 아무렇게나 섞여 구겨져
분주히 떠도는 냄새에 코를 묻는다
비릿한 시큰한 냄새들 젖은 머리카락에서
탈출 이탈하여 이리저리
부랑아처럼 돌아다닌다

착한 가축처럼 축축해진
사람들의 눈동자
속에 고이는! 빗물

양파 껍질을 벗기며

얼핏
한 여자의 반짝이는 눈물방울을 본다
양파 껍질을 벗기며

모두들 노래하던

눈이 아름다운 여자
양파 껍질 속에 묻혀
손톱이 부러지도록
양파를 까는 여자
벗겨낼수록 단단하게
속살을 감추고 있는 여자

양파 껍질을 벗기며
자꾸 눈물 흘리던 여자
어머니

이방인

자꾸 어둠이 차오른다
전등사 근처 낯선 약국 골목 안
누군가 토해놓은 오물이
상한 냄새를 풍긴다
누군가의 아픔도 저리 썩어야
가벼워지겠지 공기처럼
늦가을 바람에 서걱이는 옥수수 대궁처럼
마지막 불기까지 아낌없이 태운 후에야

단 한 번의 기회인 듯 서둘러 내게 속삭여 본다
눈시리도록 별빛 푸른 이방의 하늘을 올려다보며
공중변소 안에 들어가 있는 그를 기다리며 내내

너도 이젠 그만 서걱거리는 게 어떻겠느냐고

마른 옥수수 잎사귀가 어둠 속에서
흰 만장처럼 펄럭이는 늦가을 밤

바닷가 학교
—주문진 1

젖은 오징어를 훔치며 바람처럼
맨발의 사내아이들이 몰려 다닌다
해풍에 타버린 까마귀 떼

바닷가 아이들은 제 아비의 목쉰 소리
거친 파도 소리를 닮아간다
간혹 해진 잡지 보며 타오르는 태양
아래 킬킬대며 수음을 한다

아무도 돌봐주지 않는 외로운
작은 몸뚱아리를 스스로
자꾸 만지작거린다

해 지도록 기다리다
칠순의 할미는 목이 빠진다
기름기 없는 목숨의 밥
아랫목에서 식어간다

먼 바다로 떠난 아비의 비릿한
취기 코끝을 떠나지 않는다
에미는 뜨내기 창녀였다 어디론가
물결처럼 흘러가 버리고

아이들을 가르치는 건 언제나 바다
오늘도 바닷가 학교로 아이들은
끝없이 밀려오는 파도를 달래는 법
무너지지 않고 우뚝 서는 법을 배우러 간다

춤추는 여자들
—주문진 2

어둠에 익숙한 짐승처럼 웅크리고
부둣가 여자들 눈에 날세워
밤새 생선의 내장을 가른다
날렵한 솜씨로 흰 속살을 뜨며
바람을 가른다 아무도 모르게
흐르는 눈물의 뼈도 발라낸다
비린내에 절어버린 언 몸을
장작 몇 개피로 녹인다
온기로 다독거린다
더러는 막무가내로 달려드는 고달픔을
칼날 번득이며 춤추며 자른다 잘라버린다

명태의 검은 아가리에 손을 집어 넣고 찬찬히
추려낸다 거둬야 할 것과
버려야 할 것을
바닷가의 겨울 여자들

한쪽 무릎을 괴고 앉은 여자

밥상 모서리에 매달린 흰 밥풀처럼 그녀는 늘 지나치게 미약…… 하다 한 번도 자신의 처지를 드러내 놓은 적이 없다 언젠가 마음을 가눌 수 없는 실오리 울음소리가 한밤중 어디선가 들려온 듯도 하다

그러나 그 다음날 아침 그녀의 표정은 무심히 깊다 말갛다 예의, 밥상 끝에 간신히 붙어 있는 듯한 모습으로 수저를 움직인다 남의 험담을 하거나 남을 꾸짖어 본 일도 없다 무명실을 끊는다거나 나물 간을 볼 때 쓰는 입을 조그맣게 벌려 공손하게 오물거릴 뿐

처녀 적 이름을 누군가 뒤에서 불러준다면 어린 처녀 아이처럼 화들짝 놀라 뒤돌아볼 얌전한 어깨로 외할머니는 엄마는 꼭 한쪽 무릎을 괴고 앉아 밥을 드신다 그런데 그 앙상한 무릎만은 오랜 시름을 세월을 견뎌낸 그 옛날 옛적 대갓집 기둥만큼이나 기세가 앙칼지고 도도하여 그녀들이 식구들의 중심이 되도록 한다

검은 부츠 속의 날들

몽땅 털리러
일요일이면 월급 봉투째 들고
백화점으로 세일 가지요 나를 팔러
가지요

시도때도 없이
야근으로 팅팅
부은 다리 감추러
롱롱롱 롱부츠 사러 아스라이
나는 사라져 가지요

고향 같은 건 어머니 같은 건
롱롱롱 롱어웨이
잊고자 하여도 잊히지 않아
논논논 논어웨이

삐에르 가르댕 부츠 신고
샤넬 립스틱 바르면
곧바로 빠리쟌느 될 수 있지요

머리털 나고 비행기 타 본 적 없어도
그대로 세계는 하나되지요

아으 자본주의가 날 기냥
기이냥 죽여준다니까
여러모로 녹여준다니까요
홀라당 벗겨버린다니깐요

롱부츠를 신고 멀리멀리
오래오래 가 봐도 변하는 건 없지만서두요

참선

봄나물 다듬듯 빨래를 갠다
볕 잘 드는 창가에 나가 앉아
속옷은 속옷대로 양말은 양말대로
씀씀이대로 정리한다 가지런히

보기 흉하게 제 성깔대로 마구 접힌
주름은 찬찬히 펴준다
간혹 우울처럼 집요하게 달라붙는
보푸라기들은 단호하게 뜯어낸다, 털어버린다

세제로 찌든 때를 씻어내고
햇볕에 널어 말린
빨래의 새 살은 참 말갛다

봄나물 다듬듯 빨래를 갠다
볕 잘 드는 창가에 앉아
내 안의 어둠을 솎아내며

슬픔의 가치와 또는 소외의 시학

金 載 弘
(문학평론가 · 경희대 교수)

언제 우리가 만났던가. 또 헤어졌다가 다시 만나게 되었던가. 생각해 보니 내가 그를 처음 만난 지도 어느새 10여 년 세월이 흘러간 듯하다. 10년이면 강산도 변한다고 했는데, 여리게만 보이던 그가 어느새 20대 초반에서 30대를 넘어서고 있다니 새삼 세월 빠르기가 유수 같다던 선인들의 말씀이 실감난다.

그는 내가 푸른 파도 우우 소리치며 달려들던 인천 바닷가 학교에서 숲이 깊고 아름다운 학교로 와서 처음 만난 학생 가운데 한 사람이다. 그의 석사논문을 지도한 것이 인연이 되어 우리는 푸른 임간학교 숲길을 함께 걷기도 하고 때론 혜화동 플라타너스 길을 오가면서 더불어 시를 공부하고 인생을 이야기하기도 하였다. 그러면서 나는 그가 주문진 바닷가에서 성장하며 외로우면서도 따뜻하게 슬프면서도 꿋꿋하게 시심을 갈고 닦아 왔다는 사실을 알게 되었고, 그의 시가 지닌 깊고 푸른 슬픔과 우수의 색깔을 이해하게 되었다. 이제 그의 삶과 시도 조금씩 꽃이

피고 싱그런 열매를 맺기 시작하게 되었는가. 첫시집을 낸다 하여 간곡히 글을 청함에 인연을 소중히 여기는 마음으로 간략히 그의 시세계를 살펴보기로 한다.

1. 슬픔의 가치와 또는 비관적 생의 인식

시집 『중독성 슬픔』을 관류하고 있는 것은 짙은 좌절과 슬픔 또는 고독과 절망에 관한 인식이라고 하겠다. 어쩌면 그것은 시인에 세상을, 인간을 바라보는 기본 시선이라고 할 수도 있으리라.

그녀의 두개골 속엔 반쯤 닫히다만 검은 서랍이 끼어
있는 듯했습니다 아귀가 맞지 않아 바람불 때마다 낡은
풍금을 켜대던 서랍, 그 덕에 어릴 적 나는 약방문을 닳
도록 들락거렸지요 골이 울린다고 날카롭게 쇳소리가 골
을 긁는다고 눈깔사탕 사러 보내듯 심심찮게 보내던 할
머니의 두통약 심부름길, 주머니 속 동전을 잘그락거리며
댕동댕동 잘도 뛰어다녔지요

어느새 심부름 길은 저물어
할머니도
끝없이 뇌신을 채워 넣던 서랍도
그 길 위에서 사라졌습니다

그런데 어쩌지요 할머니? 어쩌자고
이젠 …뇌신이 …제게 뇌신이 …필요해요
어릴 때부터 닦아놓은 길
악마 같은
슬픔에 중독되어 버렸거든요
─〈중독성 슬픔〉 전문

이 시에서 두드러지는 것은 슬픔의 내면화이면서 그 전경화라고 할 수 있다. 할머니가 고질병처럼 앓던 두통, 그것은 어쩌면 한평생 온갖 가난과 고독 속에 살아온 한 여인에게 있어 슬픔의 중독현상이라고 하지 않을 수 없다. 어쩌면 그러한 슬픔 중독은 수난과 시련 속에서 인내하며 살아온 이 땅 여인네들의 보편적인 현상이라고 할 수도 있겠다. 그러나 중요한 것은 그러한 슬픔 중독이 과거적인 사실이 아니라 현재화되어 있다는 사실이며, 할머니의 것만이 아니라 '나'의 것으로 전화되어 있다는 점이다. '이젠 …뇌신이 …제게 뇌신이 …필요해요/어릴 때부터 닦아놓은 길/악마 같은/슬픔에 중독되어 버렸거든요'라는 결구 속에는 이러한 슬픔의 내면화, 내면의 심화현상이 잘 드러나 있기 때문이다. 말하자면 화자의 슬픔이 내면화되고 심화되면서 할머니의 그것과 연결되어 하나의 뚜렷한 전경화를 이루고 있다는 말이다.

슬픔으로/새파랗게 달궈진/쇳덩어리/저녁별은//어느 모진 사랑의/천형을 안았길래//밤마다 누구의/가슴을 인두불로/시리게/뜨겁게 지지나
　　―〈천형〉 전문

시의 화자에 있어, 이 시집에서는 화자가 시인 자신으로 보이지만, 슬픔은 '슬픔으로/새파랗게 달구어진 쇳덩어리'로서 '밤마다/가슴을 인두불로/시리게/뜨겁게/지지나'와 같이 운명적인 모습으로 제시된다. 슬픔은 중독의 단계를 넘어서서 하나의 '천형'으로 인식되고 있는 것이다. 그만큼 슬픔으로서의 비관적인 생의 인식, 또는 비극적인 세계관이 시인의 의식 속에 깊이 뿌리

내리고 있다는 중좌가 될 수 있겠다.

이러한 슬픔의 중독 또는 운명적 인식은 근원적인 면에서 인간의 한 본질로서 고독과 절망에 기인하는 것으로 여겨져 관심을 환기한다.

> 비 오는 날엔 부디 당신의 눈빛을 가두시길/젖어 희번득거리는 그 외로움을/숨막히도록 빨아들일 누군가를 조심하시길/발정한/또 한 외로움을
> ―〈어느 개 같은 날의 오후〉 부분

> 비디오랜드로 간다//인스턴트 꿈과 콘스턴트 욕망을 사서/검은 비닐봉지에 담아 오는 길/…중략…/청산가리처럼/확/켜지는! 고독의
> ―〈천국보다 낯선〉 부분

이 시편들에는 외로움과 고독이 깊고 깊어 절망의 상태에 이르러 있는 모습이 제시돼 있다. 그만큼 화자에게 삶이란 외로움 그 자체 또는 고독의 다른 이름에 해당하는 것으로 받아들여진다. 바로 이러한 외로움과 고독의 정서화가 바로 슬픔이며, 이 점에서 이 시집이 추구하는 중심 내용이 슬픔의 가치화에 집중돼 있는 것으로 이해된다. 또한 이러한 슬픔의 가치화가 결국은 비관적인 생의 인식으로 표출되는 양상을 지닌다고 하겠다.

2. 불운한 운명의 한 표정성, 어머니 콤플렉스

시집에 집요하게 또 지속적으로 표출되고 있는 특징의 하나는 어머니를 둘러싼 그 어떤 불운한 운명성에 대한 예감과 불안의 징후이다. 실상 시의식을 관류하는 중독성 슬픔도 근원적인 면

에서는 그것이 인간 본질에 뿌리를 두고 있는 것이긴 하지만 현
실적인 면에서는 어머니와 연결된 콤플렉스 증상에 기인하는
것으로 이해되기도 한다.

이마 흰 사내가 신발을 털고 들어서듯
눈발이 마루까지 들이치는
어슴푸른 저녁이었습니다
어머니와 나는 마루에 나앉아
밤 깊도록 막걸리를 마셨습니다
설탕을 타 마신 막걸리는 달콤 씁쓰레한 것이
아주 깊은 슬픔의 맛이었습니다
자꾸자꾸 손목에 내려앉아
마음을 어지럽히는 흰 눈막걸리에 취해
이제사 찾아온 이제껏 기다려 온
먼 옛날의 연인을 바라보듯이
어머니는 젖은 눈으로
흰 눈, 흰 눈만 바라보고 계셨습니다
초저녁 아버지의 제사상을 물린 끝에
맞이한 열다섯 겨울
첫눈 내리는 날이었습니다
어머니는 지나간 사랑을 그리워하며
나는 다가올 첫사랑을 기다리며

첫눈 내리는 날이면
댓잎처럼 푸들거리는 눈발 속에서
늘 눈막걸리 냄새가 납니다
　　─〈달콤한 인생〉 전문

　이 시에는 시인의 자전적인 삶의 모습이 음영을 드러내고 있
다. 그것은 남편을 여읜 한 여인과 아버지가 안 계신 딸, 즉 남자

하나 없이 모녀만이 가족을 구성하고 외롭게 살아가는 모습으로 현현된다. 남편의 제사상을 물린 겨울 밤, 퍼붓는 눈발 속에서 외로운 한 여인과 그 어린 딸이 마주앉아 마시는 설탕을 탄 막걸리의 달콤 씁쓰레한 맛이야말로 바로 슬프면서도 아름다운 삶이 빚어내는 비애미의 한 단면인 것이다.

그렇다! 시인에게 있어 삶이란 〈달콤한 인생〉이라는 제목처럼 아이러니한 것일 수밖에 없으리라. 여자끼리 나누는 호젓한 정의 달콤함과 남편 또는 아버지가 부재하는 데서 오는 깊은 서글픔이 한데 어울려 비애미를 한껏 돋구어 주기 때문이다. 그러기에 '달콤한 인생'이라는 시제에는 쓸쓸함으로서의 삶, 서글픔으로서의 운명의 한 표정성이 역설적으로 제시되어 있다고 볼 수 있다.

① 벽 위의 옷들을 가려주던 흰 보자기가 있었습니다/해때뽀라고 어머니가 꼭 그리 불렀던 그것/…중략…/아직도 우리집엔 저와 제 어머니 옷만을 가려주던//옛날의 횃댓보가 파닥거리고 있습니다/사전에는 없는 어머니의 슬픈 생을/풀먹이고 다려/팽팽하게
　　―〈횃댓보의 추억〉 부분

② 눈썹은 길게 그려라/눈두덩을 지나 눈꼬리에 이르도록/눈썹이 길어야 남자가 오래 산다/꼭, 그리, 그리해야 한다//바람 부는 가을 아침/화장대 앞에서 어머니가 일러주던/비밀 아닌 비밀을 생각한다/…중략…/세상의 모든 잠언은 슬프다고/눈썹을 아무리 길게 길게 그려도/짧게 머물다 간 어머니의 남자처럼/모든 세상의 잠언은/이루어질 수 없으므로
　　―〈잠언은 이루어지지 않는다〉 부분

③ 외할머니는 엄마는 꼭 한쪽 무릎을 괴고 앉아 밥을 드신다 그

런데 그 앙상한 무릎만은 오랜 시름을 세월을 견뎌낸 그 어느 옛날
옛적 대갓집 기둥만큼이나 기세가 앙칼지고 도도하여 그녀들이 식
구들의 중심이 되도록 한다
  —〈한쪽 무릎을 괴고 앉은 여자〉 부분

  인용시들에는 남편 없이 홀로 살아가는 여인의 슬픈 삶과 그
것을 바라보며 가슴 아프게 살 수밖에 없는 딸의 그늘진 마음이
서로 얼비쳐 있다. 그리고 그것은 슬픈 운명의 표정성을 드러내
면서 비관적인 생의 인식을 고조시킨다.
  시 ①에서 그것은 흰 횃댓보의 추억과 얼켜서 제시된다. 남루
한 삶의 흔적들을 가려주던 횃댓보는 실상 모녀가 힘들게 살아
갈 수밖에 없는 고단하면서도 슬픈 생애를 가려주고 위무해 주
는 하나의 상징성을 지닌다. 그렇지만 그 속에는 '어머니의 슬
픈 생을/풀먹이고 다려/팽팽하게' 와 같이 함부로 훼손되거나 무
너질 수 없는 삶의 의지와 오기를 담보하고 있다는 점에서 특색
을 지닌다.
  시 ②에서는 어머니가 남편을 잃고 홀로 살아가는 처지임을
내비치면서 그 불운한 운명성을 뛰어넘고자 하는 어머니의 안
타까운 소망이 딸에 대한 기대감으로 투사되어 있다.
  '눈썹은 길게 그려라/눈두덩을 지나 눈꼬리에 이르도록/눈썹
이 길어야 남자가 오래 산다/꼭, 그리, 그리해야 한다' 라는 구절
속에는 일찍 남편을 여읜 한과 설움이 딸에 대한 간절한 당부와
소망으로 연결되어 있는 것이다.
  아울러 시 ③에서는 그것이 할머니와 어머니로 연결되어 여성
의 슬픈 운명성을 드러내면서도 그 슬픔의 힘이 가정과 사회를
지키는 강한 원동력이 됨을 말해 주어 관심을 환기한다. 다시 말

해 불운한 운명과 고단한 삶 속에서도 그에 굴하지 않고 힘내어 살려는 굳건한 의지가 '그 앙상한 무릎만은 오랜 시름을 세월을 견뎌낸 그 어느 옛날 옛적 대갓집 기둥만큼이나 기세가 앙칼지고 도도하여'와 같이 표출되어 있는 것이다.

여기에서 이러한 어머니를 중심으로 한 여성들의 운명성이 대체로 불운한 것으로 제시되는 것은 극복을 요하는 것으로 이해된다.

어항 청소하러 온 수족관 사내에게/간곡히 부탁해 본다/"이쁘고 오래오래 사는 물고기로 갈아주세요"/사내가 웃는다/"그런 것은 없어요/색이 고운 물고기는 빨리 죽습니다"/헉! 말문이 막힌다
　　―〈가인박명〉 전문

외로웠어요… 당신이라고… 결정했… 애들이 떠올… 관대하지 않은 애들… 나도 할 얘기는 …너무… 사무쳐…옆자리 중년 여자가, 갑자기, 눈물을, 흘린다 남자 앞에서 어깨를, 들썩들썩, 출렁이며, 검은 바다의 허기를 토해낸다 한 상처가 다른 상처에게 손수건을 내민다 말없이
　　―〈강문리 횟집에서 만나다〉 부분

가라는 말을 제일 두려워하던/술고래 사내의 어지러운 아침을/쌀뜨물로 팍팍하게 씻어//빛내주던 그 여자//외삼촌이 그리도 지겨워하던/맹물 같은 순정//…일 년을 바보처럼 꼬박 살다간 여자,//…뜨거운 눈물 한 방울/뚝! 내 이마에 떨구던
　　―〈맹물 같은 순정〉 부분

시집에는 남편을 잃는 등 상처 많은 여자, 바보 같은 순정의 여자, 버림받은 여자들이 주로 등장하는 게 특징이다. 그만큼 한스런 삶을 살아오던 전통적인 비운의 여성상을 중심 상으로 하고

있다는 뜻이 되겠다. 바로 이것이다. 이런 비운의 여성상을 한평생을 살아온 어머니에 대한 심리적 연민과 슬픈 사랑이 깊은 상처로서 작용하고 있기 때문인 것으로 풀이된다. 어머니는 시인에게 있어 세상을 보는 하나의 창이며 삶을 보는 운명의 거울로서 상징성을 지닌다는 뜻이다. 그러기에 시집에는 이러한 불운한 삶 또는 상처받은 영혼들에 대한 깊은 연민과 사랑의 마음으로 가득 출렁이고 있는 것이다. 그것은 어머니의 얼굴이며 동시에 '나' 의 한 초상이고 나아가서 수많은 이 땅 여성들에 있어서의 불운한 한 운명의 표정성을 반영하는 객관적 상관물에 해당하는 것으로 이해되기 때문이다.

3. 낮은 곳에서의 삶, 소외의 시학

권현형의 시가 갖고 있는 가장 큰 매력은 그의 시가 소외된 것들에 대한 관심과 애정, 즉 휴머니즘에 기초하고 있다는 점이리라. 그의 시에는 상처받은 인생, 불운한 삶에 대한 지속적인 관심과 함께 삶의 중심부에서 밀려나고 잊혀져 있으면서도 조용히 운명을 긍정하며 들꽃처럼 살아가는 사람들에 대한 따뜻한 응시와 애정이 드러나고 있기 때문이다

①마른 수건으로 탁탁탁 햇빛 알갱이 털어내며/젖은 머리카락 말리던 그 사내……/가끔 우연히 스쳐 지난 풍경이 떠오를 때가 있다/어느 이른 아침 지나던 공구가게 앞//망치 드릴 못 톱 대패/드라이버/잡동사니 인생들이 모여/왁자지껄 떠들어대는 그곳/모난 것들끼리 상처를 둥글리며/어울렁 더울렁 살아가는 그곳//스스로 부수고 깎고 다듬고 뚫을 줄 아는/까닭에/생각보다 몸으로 사는 공구들
　　　―〈공구가게〉 부분

②할 줄 아는 일이란 그뿐인지/늘 쪼그리고 앉아 쑥을 다듬는다/아파트 앞 사거리 길모퉁이 여자/손바닥만하게 좌판 벌여 오글조글/봄나물을 팔고 있는 아낙숲에서/고개를 들어 본 일이란 없는 것인지//신문지 위 쑥만 그저 다듬는다/아예 쑥을 팔 생각은 없다는 듯/오가는 사람들의 눈길은 받지도 않는다/쉰인지 칠순인지 알 수 없는 얼굴/쉰 같기도 하고 칠순 같기도 한 언제나/그 월남치마, 눈꽃 하얗게 내린 그/단발머리

　　—〈그녀〉 부분

③낡은 빨래가 마당 가득 널려/골목 안을 비릿한 봄내로 채우는/곳, 인사동 라파엘네 집을 아세요?/미술관 옆 고서점 돌고 돌아 바로 거기//부모마저/내다버린/징그러운 몸뚱아리/찌그러진 몸으로 햇빛 속에/녹슨 슬픔으로 앉아 있길 좋아하는 아이들//바깥 사람들이 들르면 손바닥에/ '해' 하고/커다랗게 써서 꼭 쥐어주는 그/큰 눈망울의 아이가 사는//집

　　—〈라파엘네 집을 지나며〉 전문

인용 시편들에 공통적으로 드러나는 것은 잊혀진 삶, 상처받은 사람들에 관한 따뜻한 관심이며 깊은 애정이라 할 수 있다. 큰 목소리로 힘주어 외치는 것도 아니고 그저 일상에서 소외되어 잘 눈에 띄지 않는 세계, 작고 보잘것없는 삶에 대한 연민과 애정을 조용조용 속삭이고 있는 것이다.

시 ①에서 그것은 우리가 흔히 그냥 지나치기 쉬운 공구상의 여러 연장들을 소재로 하여 더불어 사는 삶의 소중함, 어울려 살아가는 인생의 따뜻함을 강조한다. '잡동사니 인생들이 모여/왁자지껄 떠들어 대는 그곳/모난 것끼리 상처를 둥글리며/어울렁더울렁 살아가는 그곳' 이라는 구절 속에는 서로 생김새도 다르고 쓰임새도 다르지만 함께 어울려야만 비로소 무언가 이루어

낼 수 있는 공구들의 모습을 통해 삶의 공동체적 속성, 또는 사회적 삶의 이치를 따뜻한 시선으로 형상화하고 있는 것이다.

시 ②에서 그것은 우리의 주된 관심사에서 밀려나 길거리 한 모퉁이에 웅크린 채 고개 숙이고 살아가는 한 노점상 노파의 모습을 통해 소외된 삶의 쓸쓸함과 고단함을 웅변해 준다. 자본주의의 격랑, 물질주의의 홍수 속에서 손수 뜯어왔을 한 보자기 쑥을 자신의 전 인생처럼 좌판에 내어다 놓고 부끄러이 말없이 팔고 있는 할머니의 모습 속에는 오늘날 자본의 위세와 그 탐욕의 그늘에 가려 마음 졸이며 살아가는 외로운 사람들의 안타까운 초상이 담겨져 있는 것으로 이해되기 때문이다.

시 ③은 흔한 소재이긴 하지만 장애아들의 모습을 통해 지금 이 시대 온갖 탐욕과 이기주의의 기름기로 번들거리는 시대 풍속에서 그러한 상처받은 삶, 소외된 사람들에 관심을 갖는 일이 얼마나 소중한 일인가를 강조하고 있다.

실상 그렇지 않은가? 시인의 눈이란 그렇게 소외된 그늘을 깊이 있게 들여다보는 열린 창을 지향하는 일이며, 시인의 가슴이란 그러한 상처받은 삶, 외로운 삶을 따뜻하게 감싸안고 진정으로 사랑하는 마음을 의미하는 게 아니겠는가. 이 점에서 시인이 여성들의 불운한 운명의 표정성을 섬세하게 읽어낸다든지 그에 대한 관심을 연민과 사랑으로 확대하고 심화시켜 가는 것과 함께 이처럼 소외된 사람들에 대한 애정을 심도 있게 천착해 가는 일은 시인 특유의 시적 개성이자 장점이 아닌가 한다.

이것을 일컬어 낮은 곳에서의 삶에 대한 사랑 또는 소외의 시학이라고 불러볼 수는 없을 것인가? 실상 〈수산물 센터를 지나며〉, 〈지바고와 라라〉, 〈너도바람꽃〉, 〈한 생애와 생애가 만나〉,

〈꽃잎 진다 해도〉, 〈흰 고무신〉, 〈봄날은 간다〉, 〈천주교 밑 시절〉, 〈서른의 그늘〉, 〈깊은 그늘〉, 〈아프리카, 아이〉, 〈갑자기 비가〉, 〈바닷가 학교〉, 〈춤추는 여자들〉 등 시집의 거의 대부분의 시들이 이처럼 낮은 곳에서의 삶 또는 소외된 사람들의 외로운 내면 풍경을 잘 형상화하고 있다는 점이다.

4. 투명한 삶, 삶의 평안을 향하여

시집 『중독성 슬픔』에서 시인이 궁극적으로 추구하고 있는 것은 그러한 불운한 운명성의 탐구 또는 소외된 삶에 대한 애정을 통해 마음의 평안 또는 정신의 평화에 대한 갈망을 보여주는 것으로 이해된다. 시집 전체에서 가장 완성도가 높은 한 작품이라 할 시 〈낙엽〉에서 그것은 선명하게 드러난다.

어깨 위로 나뭇잎 하나 굴러 내린다 포르르포르르 아주 먼 곳에서 날아와 발밑에 뼈 없이 몸을 누이는 이여, 여름내 신열 뜨거워 구석구석 구멍 뚫려 있구나 염도 하지 못한 너의 가난한 마지막을 슬픔이라 할 건가 기쁨이라 할 건가

고통도 없이 투명한 네 임종, 고승도 흉내낼 수 없는 이 빛나는 열반
 —〈낙엽〉 전문

그렇다. 그는 아직 젊은 나이의 시인으로서 삶의 나아갈 길을, 그 운명의 표정성을 순간적으로 날카롭고 섬세한 직관으로 꿰뚫어 보는 힘을 시를 통해 보여주고 있는 것이다. 그것을 우리는 가벼움에의 동경 또는 투명함에의 지향성이라고 불러 볼 수는

없을 것인가. 몸져 누운 낙엽 하나에서 고단한 노동으로서의 삶의 원리와 법칙, 그리고 고독과 허무로서의 인생의 본질을 꿰뚫어 볼 수 있다는 것은 그리 쉬운 일이 아니다. 더구나 그것을 '염도 하지 못한 너의 가난한 마지막을 슬픔이라 할 건가 기쁨이라 할 건가//고통도 없이 투명한 네 임종, 고승도 흉내낼 수 없는 이 빛나는 열반' 과 같이 노래할 수 있다는 것은 신진 시인으로선 너무나 능숙한 솜씨, 아니 늙어버린 것이 아닐까 하는 기우도 든다. 그렇지만 시인이 지향하는 것은 분명하다. 그것은 육신의 무게, 운명의 질곡으로부터 벗어나서 가벼움과 투명함의 세계에 이르고 싶다는 갈망의 표현이면서 의지의 표출이라고 하겠다. 그것을 우리는 자유지향성 또는 평안의 시학이라고 불러 볼 수도 있으리라.

어찌 보면 지금까지 시인의 삶이 그렇게 무겁고 힘겨운 것이었기에 이러한 투명함과 가벼움으로서의 자유지향성 또는 평안에의 갈망이 더욱 간절한 염원이자 소망이었는지도 모른다. 그렇지만 한 가지 분명한 것이 있다. 이제 권현형 시인은 그러한 과거에 대한 추억의 족쇄, 운명론의 그늘에서 과감히 벗어나서 탁 트인 목청으로 세계를 깊이 있게 천착하고 삶을 다양하게 노래해 가야 하리라는 점이다.

시인 특유의 섬세한 눈을 더욱 맑고 섬세하게 닦아가면서 자신의 세계에만 유폐되지 말고 따뜻한 가슴으로 이웃들의 상처받은 삶, 소외된 사람들의 삶을 다양하게 노래하면서 밝고 깊이 있는 삶의 지평으로 확대해 가야 한다는 말이다.

그래서 그런지 그의 인상적인 시 한 편이 낮고 굵으면서도 깊고 맑은 울림으로 메아리져 오는 것을 듣는다.

낮은 음으로 느릿느릿 섬세하게

오케스트라 맨 구석엔 늘
덩치 큰 사내가 서 있다 고개 숙이고

말없이 피아노 바이올린 첼로의 앙탈을
변덕을 끌어안는다 가장 낮은 자리에서

자신을 내어주고 다 비워준다

마음 약해 속으로 우는
어딘가에 꼭 있을 것 같은
우리 시대 마지막 순정파 사내
　―〈콘트라베이스〉 전문

맺음말

　그리고 보면 권현형의 시편들을 읽는 것은 시를 읽는 즐거움
과 만나게 되고 마음속에 잔잔한 감동을 느끼는 일처럼 생각된
다. 그의 시는 누구에게 무엇을 강요하거나 스스로 흥분하지도
않으면서 들꽃 같은 마음의 풍경들을 애잔하게 드러내 보여줌
으로써 고단한 시대를 살아가는 우리들에게 작지만 깊고 따뜻
한 울림을 던져주는 것이 특징이다. 요즘처럼 난해한 수사와 현
란한 몸짓들, 그리고 거창한 담론과 패거리문화가 횡행하는 시
대에 전혀 그런 유행에 떨어지지 않고 들풀 같은 삶에 관심과 애
정을 기울이면서 그러한 것들을 스스로의 운명처럼 받아들이고
사랑하는 따뜻한 운명애의 자세야말로 요즘 시단에 있어서 작
지만 소중한 귀감이 아닐까 한다.
　앞으로도 권현형 시인은 유행하는 시대사조나 시단의 소란한

물결에 휩쓸려가거나 위압적인 목소리들에 주눅들지 말고 스스로의 내면 세계를 깊이 있고 아름답게 천착해 들어감으로써 백 사람이 한 번 읽어치우는 시보다는 뜻있는 이가 있어 백 번이라도 또 읽어 가슴속에 되새기는 그런 시를 쓰기 바란다.

첫시집 『중독성 슬픔』의 상재를 축하하며 더욱 정진하여 큰 시인으로 성장해 가기를 희망한다.